KOWALSKI
EDITORE

Giovanni Cacioppo

LA BANDA DI TESTA DI CANE

Prima edizione maggio 2004

Illustrazioni di
GIANBATTISTA ROSINI

www.kowalski.it

180
150
140
130

Prima parte

RASSEGNA STAMPA

Arrestato Tes

Arrestato ieri all'alba il famoso criminale Rocco Testa di Cane.

ta di Cane

La notte precedente l'arresto aveva tentato un furto nell'appartamento di un noto boss mafioso. All'arrivo del padrone di casa, è stato il ladro stesso a chiamare la polizia.

Sgominata ba

La banda, dedita allo smercio di biglietti dell'autobus falsi, operava già da tempo.

nda di falsari

Determinante per l'arresto la segnalazione di un edicolante, al quale uno dei componenti della banda contestava l'autenticità di un biglietto dell'autobus appena acquistato.

Rapina un tabacc

Arrestato al pronto soccorso del vicino ospedale.

aio in maschera

Nella serata di ieri un malvivente tentava di rapinare un tabaccaio coprendosi il volto con una maschera di gomma. Solo al momento di indossarla il maldestro individuo si è accorto che per un difetto di fabbricazione mancavano i buchi per gli occhi.

In manette due

Arrestati nel primo pomeriggio di mercoledì scorso.

scippatori

Gli abitanti del quartiere avevano notato da diverse ore i due balordi che si aggiravano per le strade del quartiere a bordo di una Vespa. Dopo uno scippo ai danni di un'anziana pensionata, i due rimanevano a secco di carburante a poche decine di metri dal luogo del crimine.

Topo d'appartamento

Trovato sul cornicione del palazzo dove aveva deciso di compiere l'ennesimo furto.

salvato dai pompieri

Un noto topo d'appartamento, calatosi con una fune dal tetto dell'edificio, si è accorto troppo tardi che la corda era troppo corta.

Ruba l'auto allo

È accaduto nel tardo pomeriggio di giovedì, nella periferica via Mazzini.

spacciatore

Un malvivente ruba l'automobile di un trafficante di droga che da giorni era pedinato dalla polizia.

Arrestata banda

Trovati all'alba dal proprietario del bar che avevano tentato di svaligiare nella notte.

di ladri ubriachi

Tre balordi, che si erano introdotti nel bar forzando una porta di servizio, non hanno resistito alla tentazione di farsi una bevuta.

Ladro travestito

Arrestato per insubordinazione.

da carabiniere

È accaduto due giorni fa: durante un concerto, un ladro travestito da carabiniere cercava di intrufolarsi nella zona della biglietteria, dove probabilmente pensava di tentare il colpo. L'ingegnoso malvivente viene però notato da un superiore, che gli affida un incarico di sorveglianza dietro al palco. Di fronte all'insubordinazione del finto carabiniere, il superiore è stato costretto a metterlo agli arresti.

Falsario

*Aveva acquistato
un orologio
da un gioielliere.*

truffato

Un noto pregiudicato, appartenente a una banda di falsari, nel tentativo di smerciare delle banconote false da cento euro, aveva acquistato un Rolex da un gioielliere. Solo dopo alcuni giorni si è accorto che l'orologio era falso e ha denunciato il gioielliere, che a sua volta lo aveva già denunciato per spaccio di banconote false.

Arrestati ladri

Arrestati i due ladri che nella notte tra lunedì e martedì avevano rubato un dipinto nella chiesa di Sant'Angelo.

sacrileghi

I due malviventi, nel tentativo di vendere l'opera, avevano pubblicato un'inserzione su un quotidiano locale. Un poliziotto si è finto interessato all'acquisto e ha chiesto notizie sul valore dell'opera: si è visto presentare dai due loschi individui la fotocopia dell'articolo di cronaca che parlava del furto, in cui si citava il valore del dipinto.

Sequestra

Identificati i due balordi che domenica pomeriggio avevavo rapito il cane di una signora benestante.

no il cane

Nel vano tentativo di chiedere un riscatto, i due malfattori, per provare di essere in possesso del cane, hanno inviato alla signora una foto che ritraeva "l'ostaggio" con uno di loro.

Ladro

Risolto il furto in una gioielleria della centrale via dei Pini.

cliente

Sono bastate poche ore perché gli inquirenti giungessero all'identificazione dei due delinquenti che ieri mattina hanno perpetrato il furto. Uno dei due alcuni giorni prima aveva acquistato un anello nella stessa gioielleria, pagandolo con una carta di credito. Il gioielliere lo ha immediatamente riconosciuto.

Prigioniero in

Un ladro è rimasto chiuso in un negozio di abbigliamento.

un negozio

Sabato sera, all'orario di chiusura, il malvivente si nascondeva all'interno del negozio, probabilmente con l'intenzione di compiere un furto ai danni dello stesso; solo dopo si accorgeva che era impossibile aprire l'unica porta del locale, essendo questa chiusa dall'esterno. È stato il ladro stesso a chiamare il proprietario.

Ladro nascosto

È accaduto mercoledì pomeriggio nel quartiere di Casenuove.

in caserma

Un balordo, già noto alle forze dell'ordine per piccoli reati, sotto la minaccia di un coltello si faceva consegnare l'incasso di un bar dalla cassiera; successivamente il malfattore fuggiva, inseguito dal proprietario del bar; dopo alcune centinaia di metri tentava di nascondersi dentro un portone, accorgendosi troppo tardi che si trattava di una caserma dei carabinieri.

Ruba l'auto e telefo

Il curioso episodio è accaduto domenica pomeriggio.

na al proprietario

Poche ore dopo aver rubato un'auto di lusso, l'autore del furto telefona al proprietario con il proprio cellulare chiedendo informazioni sull'apertura dello sportellino del carburante. Il ladro non si è neanche preoccupato di mascherare il numero.

Seconda parte

LA BANDA DI TESTA DI CANE

IL BAR ITALIA 90

Il punto di ritrovo del mio gruppo di amici è il mitico bar Italia 90, così chiamato perché nel '90, l'anno dei Mondiali, è stato ristrutturato per l'ultima volta da Mimmo, il proprietario, che lo ha ereditato dal padre.

Mimmo lo aveva chiamato Italia 90 sperando di essere coinvolto in quel grande business che l'evento Mondiali prometteva, come se quel nome lo rendesse in qualche modo partecipe dell'evento.

Probabilmente immaginava che i turisti di tutto il mondo giungendo in Italia per assistere all'evento si sarebbero sentiti rassicurati dal nome del bar e dal logo.

Non so se vi ricordate quell'orribile pupazzo fatto di cubetti con la testa di pallone.

Ma nessun turista è mai entrato in quel bar, gli unici clienti che ha avuto siamo sempre stati noi. E per dirla tutta, a noi non ce ne fregava niente del nome del bar, poteva chiamarlo anche bar Minchia, noi saremmo sempre andati a prendere una birra da Mimmo.

Quella ristrutturazione del '90, causata da una discreta vincita al Totocalcio, è stata e sarà l'unica ristrutturazione fatta da Mimmo al bar che apparteneva alla sua famiglia da tre generazioni. In quelle tre generazioni, ogni figlio che era succeduto al padre aveva apportato un ammodernamento al bar.

Il fondatore fu il nonno di Mimmo, che si chiamava anch'egli Mimmo, nei primi del Novecento: lo chiamò Caffè Vittorio Emanuele in onore del re.

Il padre di Mimmo, quando lo ereditò, lo ristrutturò chiamandolo Rifugio del Camerata, che in quel periodo era di moda, e infine il bar è passato a Mimmo, al quale è toccato Italia 90.

Il figlio di Mimmo, ancora adolescente, aspetta diffidente il proprio turno di ristrutturazione, sperando di non doverlo chiamare Forza Italia.

160
150
140

PASQUALE

Pasquale è il mio amico del cuore, ci frequentiamo fin da quando ci conosciamo, il che non è poco.

Lui è un bravo ragazzo, ignorante quanto basta per non fare il sapientone: la sua è un'ignoranza democratica, nel senso che ignora tutti gli argomenti alla stessa misura.

Vi racconto adesso uno squarcio di vita di Pasquale per farvi comprendere meglio il personaggio.

Alcuni anni fa è morto uno zio di Pasquale, per la precisione l'unico zio che aveva, e Pasquale invece era l'unico nipote che aveva questo zio, praticamente erano gli unici due esemplari di una specie in via di estinzione, che se li scoprivano quelli del WWF li facevano riprodurre in cattività.

Lo zio di Pasquale qualche tempo prima del decesso aveva scritto un testamento, lo aveva scritto al bar davanti ai suoi amici e dopo aver bevuto. Aveva scritto: "Lascio tutti i miei beni a mio nipote Pasquale". Lo zio non aveva una lira, ma davanti agli amici non voleva certo fare la figura del pezzente. Poi, per ostentare anche un capriccio che desse un tocco di colore al testamento, aggiunse: "E inoltre quando muoio voglio essere cromato". Magari voleva dire cremato, ma lo zio di Pasquale per ignoranza non era secondo neanche al nipote stesso.

Alla lettura del testamento Pasquale apprese la volontà ultima dello zio di essere cromato, ed essendo io il suo migliore amico venni coinvolto in questa faccenda.

Passammo tre giorni a girare una per una tutte le agenzie di pompe funebri, cercandone qualcuna che facesse la cromatura delle salme, ma non riuscimmo a trovarne nessuna che svolgesse questo tipo di servizio. Dopo tre giorni passati a camminare, a me cominciavano a far male i piedi e il morto, che nel frattempo era rimasto in casa, cominciava a puzzare; a quel punto feci una proposta all'erede.

"Senti, Pasquà, facciamo una cosa: visto che abbiamo difficoltà a risolvere 'sto problema della cromatura, per adesso diamo allo zio una bella mano di antiruggine, così lui si mantiene e noi possiamo cercare con calma."

Pasquale fu immediatamente d'accordo. Sono passati quattro anni, ogni tanto vado al cimitero e passando davanti alla tomba dello zio, l'epitaffio mi ricorda sempre quei giorni: "Il tuo ricordo non arrugginirà mai. Pasquale".

160
150
140
130

CARMELO

Un altro avventore del bar, nonché buon amico sia mio che di Pasquale, è Carmelo, chiamato da tutti "mio cognato" anche se realmente non è il cognato di nessuno, ma teoricamente potrebbe esserlo di tutti, visto che la sorella è sempre stata generosa con gli amici del fratello, nonostante il severo controllo che costui esercitava su di lei. Tutti, almeno per un giorno nella vita, siamo stati cognati di Carmelo.

Carmelo al bar è rispettato da tutti, perché anni addietro fu arrestato per il furto di un'autoradio e per quel reato all'epoca venne condannato a tre mesi di reclusione.

Dopo appena un mese ebbe l'infelice idea di evadere dal carcere perché la preoccupazione che la sorella potesse procurargli altri cognati non lo faceva dormire.

Anche in galera Carmelo aveva alcuni cognati, e uno di questi, quando venne a sapere della sua intenzione di evadere, sia per il gusto di prenderlo per il culo sia per fregargli qualche soldo, gli promise una mano d'aiuto.

Il cognato convinse Carmelo che l'unico modo per evadere dal carcere era il condotto dell'aria condizionata e che lui, dietro pagamento, poteva procurargli una mappa dell'impianto. Carmelo accettò immediatamente e per due stecche di Marlboro ricevette in cambio lo schema d'impianto dell'aria condizionata della Fiat Multipla, strappato da un dépliant.

Lui diede un'occhiata veloce e per non fare la figura del cretino davanti ai compagni disse che era tutto chiaro. "Qua c'è la nostra cella" (indicando più o meno il radiatore) "e questo è il parcheggio davanti al carcere" (indicando il piano del baule).

Preparò una sagoma da mettere nella branda al suo posto, salutò i compagni di cella e si infilò dentro la grata.

Nessuno ebbe più notizie di lui per lungo tempo, alcuni dicevano che era scappato in Sudamerica, altri lo credevano latitante, qualcuno lo credeva vittima della lupara bianca. Il direttore del carcere gli ridusse la pena di un mese per buona condotta (dormiva sempre).

Venne ritrovato dopo tre anni da una ditta che aveva vinto l'appalto dei lavori di manutenzione dell'aria condizionata del carcere, in un condotto della sala mensa.

200
190
80

ANTONIO CANNE MOZZE

Antonio Canne Mozze è un omone alto quasi due metri e pesante almeno centotrenta chili, ha una forza esagerata, ha lo sguardo truce, è scuro di carnagione e porta i baffi alla messicana.

Antonio è appassionato di rutti. È stato due volte campione provinciale di rutto, categoria potenza. Si allena costantemente bevendo Coca-Cola calda in bottiglie di vetro, che secondo lui mantengono meglio il gas.

Ha scoperto questa sua dote da giovane, poi man mano che cresceva, aiutato anche dalla sua mole, ha acquisito sempre maggiore potenza.

Ricordo che da ragazzi andavamo al cinema e quando Antonio dal fondo della sala ruttava, copriva l'audio del film per parecchi secondi. Spesso la maschera accendeva le luci per capire cosa fosse successo. Era uno spasso.

Una volta ruttò nel giardino di casa sua davanti a un pesco e l'albero per tre anni non diede più frutti.

Canne Mozze nell'ambiente era un bel soprannome, un soprannome che incute paura e rispetto, ma ad Antonio non piaceva essere chiamato così da nessuno, in special modo dagli amici, che ne conoscevano l'origine.

Il soprannome di Canne Mozze gli era stato dato dalla moglie.

170
160
150
140

IL MARSIGLIESE

Il Marsigliese non era mai stato a Marsiglia. Lo sapevano tutti, ma tutti facevano finta di niente e lo assecondavano.

In realtà il Marsigliese era di Catania, un bravo ragazzo, generoso e di cuore, di quelli che danno anche l'ultima sigaretta, nato in una famiglia di gente modesta ma perbene, alla quale era molto legato.

Il padre era un muratore e la madre, casalinga, aiutava l'economia familiare facendo piccoli lavori di sartoria.

Anni fa tentò l'avventura nello spaccio di droga ma le cose andarono male.

Quando venne a sapere che tutti i suoi complici erano stati arrestati e che per lui ormai era una questione di ore, per non dare un dispiacere alla famiglia disse che aveva trovato un lavoro a Marsiglia e per non perdere l'occasione doveva partire immediatamente.

Quando la madre gli chiese quanto tempo sarebbe

mancato, lui istintivamente rispose: "Dipende dal giudice..." poi rimediò al volo "...cioè, da come verrà giudicato il mio lavoro". Dopo di che si costituì.

Rimase (a Marsiglia) per ben tre anni, quando uscì (da Marsiglia) tornò in paese con un vestito gessato, Borsalino in testa e baffetto da nobile dell'Ottocento.

Inoltre, per avvalorare questo suo soggiorno a Marsiglia, passò i primi tre mesi del suo ritorno regalando saponette.

Antonio il Marsigliese è un abile borseggiatore, lo potete incontrare sull'autobus o al mercato, sempre ben vestito, qualche volta passa dal bar e a volte manca per parecchio tempo. Quando torna dice di essere stato a trovare i suoi amici a Marsiglia, lui c'è molto affezionato.

150
140
130
120

TESTA DI CANE

Nato per il crimine, l'incarnazione dell'intenzione del male, che come tutte le intenzioni non è processabile.

Testa di Cane è il suo soprannome, non si sa chi glielo ha dato. Alcuni dicono che lo chiamino così per la forma della testa, un po' allungata in avanti, altri per il contenuto.

A quattro anni fece capire subito di che pasta era fatto, rubando tutte le merende ai suoi compagni dell'asilo: il colpo era riuscito, ma venne tradito da un'intossicazione alimentare che gli fece sfiorare la morte.

Alto poco più di un metro e mezzo, ma dotato di grande autostima (quando passa sotto una scala si abbassa).

Sguardo da duro, ambiguo, tra "Va tutto bene" e "Chi me lo ha fatto fare".

La sua fedina penale è stata pubblicata a fascicoli dati in omaggio con il "Corriere della Sera". Non c'è stato reato in cui l'abbia fatta franca.

Ha da poco finito di scontare quindici anni di galera. Quindici anni fa aveva rubato la macchina al suocero per andare a rapinare una banca, con i soldi della rapina doveva andare in Russia a comprare dei mitragliatori da barattare in Afghanistan con dell'hashish, successivamente portare l'hashish in Albania e darlo alla malavita locale in cambio di alcune ragazze da fare prostituire in Italia. Con i soldi ricavati dalla prostituzione doveva aprire delle bische clandestine e infine ripulire il denaro sporco in Svizzera importando dei Rolex di contrabbando.

Lo hanno arrestato al terzo incrocio dopo il furto della macchina. Il suocero conoscendolo ha pure ritirato la denuncia, ma i carabinieri gli hanno trovato in tasca un promemoria di tutti i passaggi che doveva fare ed è rimasto in galera quindici anni. Giusto il tempo di fare le indagini.

LA RAPINA

Pasquale quel pomeriggio arrivò al bar Italia 90 contento come non lo si vedeva da diversi mesi, anzi da diversi mesi non lo si vedeva proprio, visto che fino a quel pomeriggio era stato in galera, esattamente per tre mesi.

Dopo un caloroso saluto, un abbraccio, dei convenevoli e una birra, cominciò a raccontarci di quella sua ultima esperienza.

Pasquale in carcere aveva conosciuto tanta gente più o meno onesta, spacciatori, ladri, estortori, mafiosi.

Tra questi aveva anche conosciuto un certo Rocco Testa di Cane, un noto criminale che stava scontando gli ultimi mesi dei quindici anni ai quali era stato condannato, per motivi che non era lecito sapere.

Pasquale ci raccontava che Testa di Cane era un genio del crimine e nel lungo periodo di detenzione aveva architettato la rapina del secolo ai danni di una banca che conosceva bene. "Un piano perfetto, non ci sono rischi" diceva, e a tal proposito aveva chiesto a

Pasquale di trovare due persone fidate per completare la banda, visto che per portare a termine l'operazione bisognava essere in quattro: un capobanda, un autista, un palo e un esperto in casseforti con conoscenze di fiamma ossidrica e Windows 95 (perché oggigiorno senza computer non si va da nessuna parte).

Si dice che l'occasione fa l'uomo ladro e quella come occasione sembrava ottima.

Io, mio cognato Carmelo, Pasquale e Testa di Cane eravamo giusto in quattro.

La banda era al completo, anche se i ruoli non erano ancora stati definiti.

Due settimane dopo, Testa di Cane uscì dal carcere e ci fu la prima riunione segreta, nel suo garage.

Vennero definiti i ruoli e le quote, nel modo seguente: Testa di Cane, capobanda, al 40%, Pasquale, esperto in casseforti e Windows 95 (che non so in tre mesi come ha fatto), al 30%, io facevo il palo e mio cognato Carmelo l'autista, entrambi al 15%.

Fissammo pure la data della rapina, successivamente spostata di due mesi per dare il tempo a Carmelo, l'autista, di prendere la patente, che non aveva.

Quando fummo d'accordo su tutto, Testa di Cane propose di metterlo per iscritto, in modo tale che in futuro non potessero esserci equivoci. Io, conoscendo i precedenti, lo sconsigliai vivamente.

Il piano era semplice, bastava percorrere un condotto fognario per circa duecento metri, dopo i quali solo un muro di mattoni ci separava dal caveau della banca: ci sarebbe bastato fare un buco ed entrare.

Finalmente arrivò il fatidico giorno, l'appuntamento era al garage di Testa di Cane.

Lui era già lì, poi arrivai io, dopo alcuni minuti arrivò Pasquale con il figlio di cinque anni. Testa di Cane, vedendo il bambino, si incazzò come una bestia e cominciò a urlare: "Puttana Eva! Dobbiamo andare a fare una rapina e porti il bambino. Pensi che sia un gioco?". Pasquale riuscì a calmarlo promettendo che il bambino sarebbe stato buono e che era stato obbligato a portarselo dietro dalla moglie, che doveva andare dal parrucchiere.

Per ultimo arrivò Carmelo, che in due mesi non era ancora riuscito a prendere la patente, ma aveva il foglio rosa timbrato. Testa di Cane, venuto a conoscenza della cosa, disse: "Mi siedo io davanti che ho la patente, così se ci fermano siamo in regola".

Carmelo inoltre, essendo un tipo molto previdente, e sapendo che dovevamo attraversare un condotto fognario di duecento metri, il giorno prima della rapina aveva affisso in tutti i condomini della zona un avviso che recitava così: "Si invitano i signori inquilini a non utilizzare i servizi igienici dalle ore 15.00 alle ore 18.00 di domani. Per motivi che non vi riguardano". Non poteva certo scrivere: "Per rapina".

"Così il lavoro viene più pulito" disse Carmelo.

Giunti sul luogo del futuro crimine, cominciò l'operazione banca.

Carmelo parcheggiò la macchina in una posizione strategica, vicino al tombino d'ingresso, e rimase lì con il figlio di Pasquale, io, con la radiotrasmittente e il Nintendo, presi posizione in una panchina davanti alla banca e Testa di Cane e Pasquale si calarono dentro al condotto.

Dopo mezz'ora chiamo Pasquale via radio e chiedo un aggiornamento sulla situazione. Pasquale mi risponde che hanno un problema di distanza. Si sono portati dietro un sacco di attrezzi, ma hanno dimenticato il metro e non riescono a stabilire il punto esatto dove fare il buco.

A quel punto gli do una mano d'aiuto io, percorro in superficie la distanza tra il tombino e la banca e comunico il numero dei passi a Pasquale. Sono duecentotrenta.

Testa di Cane fa duecentotrenta passi, ma siccome è alto un metro e mezzo, percorre poco più di cento metri. I ragazzi bucano, e invece di sfondare il caveau della banca, sfondano un cinema porno che era cinquanta metri prima.

Pasquale e Testa di Cane non hanno tempo di rendersi conto dell'errore che vengono afferrati per un braccio cadauno da un uomo di un metro e novanta che era la maschera del cinema porno. Costui, con tono molto minaccioso, gli dice: "Non me ne frega un cazzo da dove siete entrati. O pagate il biglietto o vi ammazzo di botte".

Pasquale e Testa di Cane pagano senza fiatare, poi si guardano in faccia e Pasquale dice al complice: "Ormai che abbiamo pagato guardiamo il film. Mica siamo scemi".

"Giusto" risponde Testa di Cane.

Trascorsa un'altra mezz'ora, faccio un'altra chiamata di controllo, come d'accordo.

Pasquale mi informa delle ultime novità e dopo mi invita a chiamare a Carmelo e a scendere a vedere il film, che a suo dire merita.

Io e Carmelo saremmo scesi pure volentieri, ma con noi avevamo il bambino di cinque anni, che sicuramente non era da portare al cinema porno.

Testa di Cane, venuto a conoscenza del problema, ci informa che venti metri più avanti c'è una sala giochi: sarebbe bastato fare un buco lì e mettere dentro il bambino, che avremmo ripreso alla fine del film.

Dato il genere di film che abbiamo visto, possiamo dire a ragione che la rapina finì a puttane (mai un modo di dire è stato così appropriato), ma un pornazzo era proprio quello che ci voleva per scaricare la tensione accumulata in quei giorni.

Uscimmo dal cinema allegri e soddisfatti.

Un'ora dopo eravamo seduti su una scalinata a bere una birra e a raccontarci le scene più importanti del film. Testa di Cane, che da quel giorno divenne il nostro capo spirituale, disse: "Ragazzi, io con voi mi trovo bene, abbiamo creato un bel gruppo, anzi, giusto per non perdere l'affiatamento, se non avete impegni, sabato mi piacerebbe andare a ballare. Conosco una galleria che costeggia una discoteca".

"Andiamo" abbiamo detto tutti in coro.

IL SEQUESTRO

Con la banda di Testa di Cane abbiamo avuto parecchie esperienze del quarto tipo (quelle illegali).

Ne ricordo una in particolare che fu molto piacevole, anche se all'inizio non prometteva niente di buono.

Testa di Cane si era messo in testa di organizzare un sequestro di persona e naturalmente, prospettandoci la cosa come la più semplice del mondo, ci aveva convinti subito ad assecondarlo. Ma non fu così.

Ricordo che al primo tentativo sbagliammo obiettivo, sequestrammo un tale ben vestito che andava in giro con una Mercedes da cento e passa milioni, ma quando arrivammo al rifugio si venne a sapere che aveva le ultime cinque rate della macchina scadute. Naturalmente, dopo un sonoro cazziatone, lo rilasciammo immediatamente, per paura di ritrovarci l'ufficiale giudiziario davanti al rifugio.

Solo dopo alcuni mesi riuscimmo a identificare un obiettivo quasi perfetto. Costui era un ricco industriale di Brescia, stavolta del patrimonio eravamo certi, l'unico inconveniente era che l'orario migliore per sequestrarlo era alle sei del mattino, quando si recava in fabbrica a piedi.

Adesso ci tengo a precisare, per chi non l'avesse capito, che se noi abbiamo intrapreso questa attività è perché voglia di lavorare ce n'è poca, quindi la sveglia alle sei del mattino per la banda rappresentava un grosso ostacolo, ma per quella volta abbiamo fatto un sacrificio.

Testa di Cane alla guida, Carmelo davanti e io e Pasquale dietro, con la macchina dovevamo tagliare la strada alla vittima, poi, una volta scesi, io gli avrei infilato un sacco nero in testa, Pasquale lo avrebbe stordito con un pugno e, dopo averlo infilato in macchina, saremmo fuggiti. Questo era il piano, che funzionò fino al taglio della strada, dopodiché Pasquale non riuscì a uscire dalla macchina perché qualcuno gli aveva messo la sicura dei bambini. Quando io vado per infilare il sacco nero in testa al sequestrato questo si sposta e io lo infilo a Carmelo.

Pasquale, che solo in quel momento riuscì a uscire dalla macchina, arrivò in leggero ritardo all'azione e per recuperare il tempo perduto, appena vide il sacco nero scaricò subito due bei cazzotti, ma dentro al sacco c'era Carmelo.

Carmelo cominciò a bestemmiare da dentro al sacco, tra i due iniziò una discussione che non c'era verso di fermare, si calmarono solo quando intervenne l'industriale bresciano. Carmelo, quando si riprese dai cazzotti, guardò l'industriale in faccia e gli disse: "Tu adesso entra in macchina senza fare storie perché oggi non è giornata". Meno male che il sequestrato era un brav'uomo e salì in macchina senza fare storie.

La prima parte del piano era stata eseguita, quindi dovevamo portare il prigioniero al rifugio segreto in Sicilia. Da Brescia, con l'Alfasud di Testa di Cane, ci abbiamo messo quattro giorni ad arrivare in Sicilia, e abbiamo pure speso un bel po' di soldi: c'era da mangiare, da dormire, ecc. ecc. e il prigioniero doveva essere trattato bene perché da quel momento in poi era lui il nostro capitale.

Finalmente arriviamo al rifugio segreto, che era una casa in campagna di uno zio di Testa di Cane. Mancava l'acqua, la corrente, il paese più vicino era a cinquanta chilometri di tornanti e ci pioveva pure dentro.

Quando eravamo finalmente pronti per passare alla fase tre, cioè la richiesta del riscatto, ci siamo accorti che nessuno della banda aveva avuto la premura di prendere l'indirizzo o il numero di telefono del prigioniero e di conseguenza non sapevamo a chi chiedere questo riscatto.

Fortunatamente siamo poi riusciti a risolvere il problema per mezzo di un cugino di Carmelo che abitava a Brescia.

Testa di Cane aveva preparato la prima lettera di richiesta del riscatto e voleva allegargli una prova sia della presenza del prigioniero sia della nostra cattiveria.

Ci disse che sarebbe stata buona cosa allegare un orecchio del sequestrato, ma dopo una riunione della banda decidemmo che l'orecchio era un po' troppo per iniziare, magari ce lo saremmo giocato dopo. "Per ora tagliamogli le unghie dei piedi" disse Pasquale. E così facemmo, mettendole in una bustina con su scritto "Questo è solo l'inizio", cercando di instaurare un clima di terrore.

Il padre del prigioniero ci rispose dopo una settimana con un "Andate a cagare".

Testa di Cane a quel punto decise che non potevamo fare a meno di tagliargli un orecchio, perché stavamo facendo la figura dei quaquaraquà.

Nessuno della banda fu in grado di compiere un simile gesto: Carmelo sviene davanti al sangue, Pasquale è contro la violenza, Testa di Cane è il capo, alla fine sono dovuto intervenire io per risolvere il problema.

Sono andato in macelleria e ho comprato un orecchio di maiale, l'ho sagomato, prendendo come modello l'orecchio del prigioniero (l'ho ricalcato con un pennarello), e lo abbiamo spedito alla famiglia.

Il padre, dopo alcuni giorni, risponde sostenendo che quello non era l'orecchio del figlio. "Guarda che tuo figlio, dopo quindici giorni di prigionia, si è un po' abbruttito" risposi io.

Una mattina, rovistando nella giacca dell'industriale, trovai un mazzo di chiavi, gli chiesi di dove fossero e costui mi rispose che erano le chiavi della sua villa a Porto Cervo.

"Cazzo, hai la villa a Porto Cervo?" chiesi io, e lui molto tranquillamente mi rispose: "Sì, ho una bella villa, venti camere, piscina, campo da tennis e parco".

Ancora più incazzato, gli dissi: "Cazzo, hai la villa a Porto Cervo e ci fai stare in questo posto di merda?".

Convocai una riunione d'urgenza della banda, alla fine della quale decidemmo all'unanimità di trasferirci a Porto Cervo. Il padre, ricordo, ci chiamava ogni settimana perché voleva pagare il riscatto, non sapevamo come fare per togliercelo di torno, ricordo che cambiammo numero di telefono per ben tre volte, ma lui riusciva sempre a rintracciarci. Abbiamo trascorso sei mesi a Porto Cervo, dopo di che per impegni privati siamo ritornati in Sicilia. Il bresciano ci invita ogni anno a passare le vacanze da lui, siamo diventati amici.

RAPINA INFORMATICA

Un pomeriggio dell'anno scorso Testa di Cane, che è veramente un genio, arrivato al bar ci chiama al tavolo, prende da bere delle birre e con una certa suspense ci dice: "Stanotte ho avuto l'idea".

"Idea per cosa?" gli chiede Pasquale..

"Una rapina in banca."

"Di nuovo?" gli dico io.

"Sì, ma questa volta non dobbiamo esporci, facciamo tutto da casa."

"Come, da casa?" dice Carmelo. Pasquale, facendo intendere di avere afferrato, dice: "Organizziamo e mandiamo qualcun altro. Giusto?".

"No" gli risponde Testa di Cane. "Una cosa più raffinata, una rapina con il computer. Avete capito cosa voglio dire?"

"Sì, sfondiamo la vetrata con un computer ed entriamo" dice Carmelo cercando di anticipare.

"Ma che cazzo dite! Volete stare un po' zitti che vi spiego tutto. L'ho visto ieri in un film alla televisione."

"Come si fa?" gli chiede incuriosito Pasquale.

“Si prende un computer, di quelli moderni, si accende. Occhei? Poi si collega con il computer della banca, dove ci sono tutti i soldi, appena ti appaiono i soldi, li prendi, spegni e butti via il computer.”

“I soldi ci escono dal computer?” chiede Carmelo.

“Ma no” ribadisce Pasquale, ce li facciamo spedire qua al bar.

“Occhei, allora bisogna comprare un computer?” chiedo io.

Testa di Cane prontamente mi risponde: “Ci ho già pensato io. Domani mattina andiamo a ritirarlo dallo Squalo, il ricettatore”.

A questo punto a me è venuto un dubbio, chi di noi sapesse usare il computer. Rivolta la domanda a Testa di Cane, lui prontamente mi risponde: “Bisogna trovare un cracker”.

“Che cazzo è un cracker, il biscotto?” gli chiedo.

“No, i cracker sono quelli che sanno usare i computer.”

A questo punto cominciamo a distribuire gli incarichi. Io e Carmelo andiamo dallo Squalo a ritirare il computer e Testa di Cane e Pasquale vanno alla ricerca di un cracker.

Ritiriamo il computer e torniamo alla base, ma Testa di Cane ci fa sapere che hanno avuto difficoltà a trovare un cracker, non lo hanno trovato neanche su “Oggi al parlatorio, una rivista per detenuti”. Alla fine abbiamo fatto una colletta e abbiamo mandato Pasquale a fare un corso di computer, tre mesi milleduecento euro.

Dopo tre mesi che Pasquale tornava al bar con quaderni bloc-notes e carpette, una mattina arriva e dice: "Al corso di computer mi hanno bocciato. Con il computer non ho capito un cazzo, però ho imparato a usare il fax".

Dopo una breve riunione si stabilisce che, visto che dovevamo recuperare le spese del corso, anche il fax va bene per fare il lavoro. Due giorni dopo ci troviamo a casa di Testa di Cane pronti a fare il colpo.

"Vai con il primo fax" dice Testa di Cane a Pasquale. Carmelo, appena sente l'ordine, indossa subito il passamontagna. "Che cazzo fai?" gli dico. "Guarda che per le rapine informatiche mica ci vuole il passamontagna."

"Fatti i cazzi tuoi" mi risponde Carmelo.

Allora mandiamo il primo fax con su scritto: "QUESTA È UNA RAPINA".

Dopo due minuti, ci arriva un fax dalla banca con la fotocopia di duecento euro e con scritto sotto: "ECCO A VOI I SOLDI".

Testa di Cane, soddisfatto, ci guarda e dice: "Perfetto stiamo andando bene, i soldi ci sono. Manda un altro fax con su scritto: 'SPEDITELI AL BAR ITALIA 90 DA MIMMO'".

Dopo un po' arriva il fax della banca: "SE POTETE PASSATE VOI".

Testa di Cane riflette e poi dice: "Ci stanno prendendo per il culo, pensano che non facciamo sul serio, forse credono che non abbiamo la macchina. Manda un fax con la fotocopia del libretto della Panda di Pasquale".

Dopo alcuni minuti, dalla banca arriva un altro fax con la fotocopia del gratta e sosta e sotto scritto: "IL PARCHEGGIO VE LO OFFRIAMO NOI".

A quel punto Testa di Cane sta per perdere la pazienza, decide di passare alle maniere forti e mandiamo un fax con la fotocopia di una pistola.

Dalla banca immediatamente arriva il fax con la fotocopia delle manette, con sotto scritto: "USCITE CON LE MANI ALZATE, LA CASA È CIRCONDATA".

"Che facciamo?" chiede Carmelo a Testa di Cane. "Si mette male" risponde Testa di Cane. "Qualche bastardo ha dato l'allarme."

A quel punto mandiamo l'ultimo fax: "NON SPARATE, CI ARRENDIAMO".

RAPINA CINEMATOGRAFICA

(*Entrata in scena con un collant in testa.*)

Mi avete riconosciuto? ...È che ho finito tardi di lavorare e non ho avuto il tempo di cambiarmi.

Era da tempo che volevamo fare una rapina all'ufficio postale, ma non eravamo ancora riusciti a trovare il modo giusto.

La settimana scorsa, finalmente, Testa di Cane ha avuto l'idea, ci ha detto: "Facciamo finta di girare un film, una finta rapina, ma poi i soldi li prendiamo per davvero". Abbiamo stabilito i ruoli: Testa di Cane regista, io operatore e Carmelo e Pasquale attori protagonisti.

Siamo andati dal direttore dell'ufficio postale un paio di giorni prima, ci siamo presentati come funzionari di una casa di produzione americana, ci siamo fatti autorizzare la location e poi siamo passati a organizzare l'attrezzatura.

Abbiamo recuperato una sedia da regista, un megafono rubato ai comunisti, una telecamera e due faretti che aveva Carmelo quando coltivava l'erba in casa.

Abbiamo caricato tutto sul furgone del bar, sul quale avevamo dipinto il logo della TESTA DI CANE FILM, che era uguale a quello della Metro-Goldwyn-Mayer, solo che al posto della testa del leone c'era una testa di cane.

La mattina fissata, arriviamo alle nove davanti all'ufficio postale, transenniamo la zona, ci mettiamo al lavoro. Testa di Cane si posiziona con la sedia da regista, io sistemo la telecamera e Carmelo e Pasquale erano i due rapinatori che arrivavano con la Panda.

Fino alle due ancora non eravamo riusciti a girare niente.

Pasquale e Carmelo si erano messi a firmare autografi, Carmelo si era pure fatto fare le cartoline. Quando hanno smesso loro è sparito Testa di Cane, che era andato al bar con una ragazza alla quale stava promettendo una parte nel prossimo film.

Finisce Testa di Cane e sparisce Pasquale, che lo ritroviamo allo sportello a pagare la bolletta del telefono. "Quando mi ricapita di avere la posta a disposizione?" ci ha detto.

Alle due Carmelo va a protestare dal regista perché per contratto dopo sei ore di lavoro spetta la pausa pranzo. Testa di Cane concede la pausa pranzo, solo che non avevamo niente da mangiare e ci siamo fatti dare i buoni pasto dal direttore della posta.

Alle tre finalmente cominciamo a girare. Carmelo e Pasquale arrivano davanti alla posta con la Panda, Carmelo tira il freno a mano facendo mezzo testacoda e picchia la ruota sul marciapiede spaccando il copertone. Pasquale si è incazzato un casino, visto che la macchina era sua. Non c'era la ruota di scorta e ci è toccato smontare la ruota e andare a cercare un gommista. Dopo un'ora Pasquale torna con la ruota riparata dicendo: "Il gommista ha voluto trenta euro per il copertone, io non ce li avevo".

"E come hai fatto?" gli chiede Testa di Cane.

"Gli ho lasciato la carta d'identità dicendogli che passo tra un'oretta."

"E tra un'oretta dove li prendi i soldi?" gli chiede Testa di Cane.

"Dalla rapina, che ci vuole, il gommista è lì dietro, appena finito passiamo e lo paghiamo."

Alle quattro del pomeriggio finalmente riusciamo a girare la scena. Carmelo e Pasquale arrivano davanti all'ufficio con la Panda, tirano il freno a mano ed entrano dentro con le pistole giocattolo e Pasquale grida: "Tutti pancia a terra, questa è una rapina". I rapinatori prendono il sacco con i soldi dall'impiegato, escono dalla posta e quando stanno per salire in macchina Testa di Cane dà lo stop.

"Come, stop?" chiedo io meravigliato.

"Ho detto stop, sono o non sono il regista?"

"Ma sei scemo?" gli chiedo.

A quel punto interviene una vecchia che faceva la figurante e mi rimprovera dicendo che non si discutono gli ordini del regista. "Tu fa' la vecchia e sta' zitta" le ho detto.

Tutti ci fermiamo a guardare allibiti Testa di Cane chiedendogli cosa c'è che non va e lui risponde: "L'impiegato che consegna il sacco non va bene, cambiategli di posto con la ragazza dell'altro sportello che è più bella, e un po' di gnocca non guasta mai".

Riconsegniamo allora i sacchi con i soldi e aspettiamo un'altra ora perché l'impiegata dice che se deve essere lei a fare la scena vuole essere pettinata e truccata.

"Chi la accompagna?" chiede Testa di Cane.

Pasquale dice a Carmelo: "Accompagnala tu dal parrucchiere perché io ho già dato la carta d'identità al gommista".

Ripetiamo la scena un'altra volta: eravamo lì dalle nove del mattino ed erano le cinque del pomeriggio.

La seconda volta va tutto bene, ma mentre stiamo uscendo dalla posta arriva una macchina dei carabinieri: noi ci guardiamo preoccupati, un carabiniere scende dalla macchina e va a parlare con Testa di Cane.

Quando il carabiniere torna dal collega gli dice: "Stanno girando un film, quello è un regista famoso, non mi ricordo dove l'ho visto".

Testa di Cane invece ci informa che per fare contenti i carabinieri gli ha detto di tornare domani che giriamo la scena dell'inseguimento.

Alla fine siamo scappati, e quando siamo arrivati al rifugio abbiamo aperto il sacco e abbiamo scoperto che dentro c'erano solo lettere. Non ce la siamo sentita di buttarle, e abbiamo passato tre giorni a consegnare la posta.

Terza parte

LA DOLCE VITA DEL DISOCCUPATO

COS'E' LA VITA?

Non ho la presunzione di spiegare un concetto che si potrebbe discutere per decine di anni in poche parole, ma un'opinione personale mi sento di darla.

Non so se avete mai sentito parlare di storie del tipo: "Figlio di operaio disoccupato, famiglia numerosa, lavora mantenendosi gli studi, si laurea e diventa un grande medico". Ecco, questo non è il mio caso.

Questa è l'eccezione e in quanto eccezione accade solo eccezionalmente, per il resto la storia più comune funziona così: "Figlio di operaio disoccupato, famiglia numerosa, arrestato perché sorpreso a rubare la benzina da un'auto".

Non voglio dire con questo che uno nasce con il destino segnato, ma sicuramente l'ambiente in cui cresci ti dà una grossa traccia, che a volte più che una traccia è un solco, dal quale è difficile uscire.

Nessuno si è mai stupito se il figlio di un operaio disoccupato diventa operaio disoccupato e il figlio di un grande avvocato diventa un grande avvocato.

Io e i miei amici del bar Italia 90 abbiamo avuto la

sfortuna di nascere in una periferia del Sud e la fortuna di non avere voglia di lavorare.

Se pensate che per diventare un grande medico sia necessario essere intelligenti non commettete l'errore di credere che un grande criminale può permettersi di essere stupido. Infatti noi non siamo né medici né grandi criminali.

Abbiamo tutti fatto qualche tentativo di trovare un lavoro onesto, tentativi diluiti nel tempo, errori di gioventù, poi, con il passare degli anni, siamo stati tutti attratti inesorabilmente dal guadagno facile e illegale.

Forse che la sorte di ognuno di noi è già segnata da qualche parte nelle stelle e noi non siamo altro che dei burattini guidati con invisibili fili da un destino che è già stato scritto?

...cazzo, devo smetterla di fumare questa roba.

IL VIDEOCITOFONO

La mia prima e unica opportunità di fare un lavoro onesto l'ho avuta parecchi anni fa: ero riuscito a farmi assumere in un condominio come videocitofono umano.

Prendevo quattrocentomila lire al mese e il mio orario di lavoro era dalle nove del mattino alle nove della sera.

Stavo tutto il giorno davanti al portone con una polaroid carica, quando veniva qualcuno a cercare un inquilino gli scattavo una bella foto, la portavo su dall'inquilino interessato, gliela mostravo e con fare professionale gli dicevo: "Mi scusi, signora, c'è questo signore che chiede di lei. Lo faccio passare o gli dico che non è in casa?".

E la signora poi mi rispondeva come le conveniva. "Fallo salire", oppure: "Digli che non ci sono". Insomma, come meglio credeva.

A quel punto io tornavo giù dal citofonante e riferivo la risposta. "La signora c'è, non c'è, ritorna, ecc. ecc. ecc."

Certo, come lavoro non era il massimo, ma neanche il minimo. Come in tutti i lavori c'erano dei pro e dei contro. I pro erano difficili da individuare, i contro invece risaltavano subito all'occhio.

Ogni mattina intorno alle nove arrivava il postino e ogni mattina aveva della posta da far firmare. Io appena lo vedevo arrivare mi portavo avanti con il lavoro e gli scattavo subito una foto.

Qualcuno potrebbe pensare che io potessi usare la stessa foto per diversi giorni, ci avevo pensato, ma non era professionale. Una volta tanto che mi danno fiducia, non mi sembra giusto approfittarne.

Solo il postino, tra posta ordinaria e raccomandate, mi costava almeno quattro o cinque foto al giorno.

A volte ero vittima di scherzi, me ne ricordo uno in particolare.

Era l'ora di pranzo, un ragazzino sui tredici anni si ferma davanti al portone e citofona al signor Maruzzello, quello del terzo piano.

Salgo su al terzo piano, busso e mi apre la porta proprio il signor Maruzzello in persona, che in quel momento stava pranzando con la famiglia.

Io gli mostro la foto e gli dico: "Signor Maruzzello, guardi, c'è questo ragazzino che la sta cercando".

Il signor Maruzzello si pulisce la mano destra sulla canottiera e prende la foto, la guarda attentamente e poi con un tono sorpreso, restituendomi la foto, mi dice: "Accà nun ci sta nisciuno".

Io guardo la foto, che non avevo ancora visto, e mi rendo conto che effettivamente avevo fotografato il tratto di marciapiede davanti al portone e che non c'era ombra di anima viva.

Il signor Maruzzello a quel punto mi guarda ancora più infastidito e mi chiede: "E allora?".

"Allora sarà stato uno scherzo, il ragazzino ha suonato ed è scappato."

Un'altra volta, mi ricordo, un inquilino del palazzo fece una festa di compleanno: in mezz'ora arrivarono più di trenta persone e mi consumarono quasi quattro rullini. Io, per limitare i danni, tentai di fare delle foto di gruppo, ma le cose non andarono per il verso giusto.

Comunque, il lavoro non mi dispiaceva, l'orario era lungo ma il compito era poco faticoso, poi io sono sempre stato portato per le relazioni sociali.

A fine mese mi pagarono, mi diedero quelle agognate quattrocentomila lire, ma facendo i conti mi accorsi che avevo speso quasi un milione di rullini.

AMICI E PARENTI

Io mi sono sempre chiesto se la disoccupazione è una malattia ereditaria, ma guardandomi in giro direi proprio di no, nel senso che un padre sano può generare un figlio disoccupato e viceversa un figlio sano può generare un padre disoccupato...

Ho perso il filo del discorso.

La cosa che tenevo a dire è che a casa mia, tranne me, gli altri lavorano tutti, mio padre per esempio ha sempre lavorato fin da quando io me lo ricordo.

Mio padre

Mio padre fa il guardiano di sostegno ai giardini pubblici. Sì, proprio il guardiano di sostegno, praticamente sta tutto il giorno in piedi e tiene dritte le piante giovani fin quando crescono, massimo due per volta, visto che ha due sole braccia; se dovesse essere necessario tenere altre piante si fa aiutare dall'apprendista guardiano di sostegno, un ragazzo che sta imparando il mestiere.

Mio padre è molto orgoglioso del suo lavoro, quando ero piccolo mi portava al parco e mi diceva: "Vedi quel cipresso, mi ha fatto patire parecchio". Oppure: "Guarda quel pino, si vedeva fin da piccolo che sarebbe cresciuto dritto come una candela".

Mia madre

Mia madre invece ha sempre voluto fare la casalinga, solo che con mio padre non andavano d'accordo, litigavano sempre, fino a che un giorno mia madre si è stancata ed è andata a fare la casalinga a casa di un altro.

Quello lì dove lavora adesso mia madre non la paga, ma mia madre è contenta lo stesso, che almeno lavora in un ambiente sereno.

Mia sorella

La più fortunata invece a casa mia è stata mia sorella.

Mia sorella quattro anni fa è stata assunta al mercato ortofrutticolo, dove lavora ancora adesso. Mia sorella ha un ruolo che potremmo senza dubbio definire di peso: lavora al reparto bilance come unità di misura.

Voi non la conoscete, ma mia sorella è un po' robusta diciamo, anzi diciamo pure che pesa cento chili esatti. Lei sta là, davanti alla bilancia. Quando arriva qualcuno a comprare la merce, su un piatto mettono le patate o i pomodori e sull'altro sale mia sorella. Se dimagrisce la licenziano.

Mio fratello

Mio fratello tre anni fa ha vinto un concorso all'ASL e lo hanno assunto come sirena dell'ambulanza.

Mi ricordo che all'epoca era un posto ambito, bisognava avere solo una bella voce ed era fatta. Lo feci anch'io quel concorso, la voce ce l'avevo, ma avevo qualche problema di dizione e non mi presero, mi dissero di provare dai pompieri, che hanno la sirena bitonale, e che là avrei avuto maggiori possibilità.

Mio cognato

Mio cognato invece fa lavori stagionali, d'estate lavora in spiaggia a Rimini, dove fa il reggi-ombrellone: il lavoro gli piace, l'unico inconveniente è che si abbronza solo le gambe e invece dalla cinta in su rimane bianco, infatti a Rimini lo chiamano Bigusto.

D'inverno invece va a Cortina ad addestrare i cani da valanga. Lo mandano sotto il ghiacciaio con un petardo napoletano in mano, quando arriva nel punto esatto gli fanno un segnale con un faro, lui fa esplode-

re il petardo e provoca la valanga su di sé, poi i cani vanno a cercarlo. Fino a oggi lo hanno sempre ritrovato.

Mio nonno

Mio nonno invece era un portuale, lavorava solo di giorno, perché di notte i pescatori uscivano in mare, e quando c'era cattivo tempo. Mio nonno faceva la boa di ormeggio, aveva un cappello arancione con un anello sopra dove i pescatori legavano le loro barche. Mia nonna racconta sempre di quella volta che ci fu brutto tempo per quasi un mese e mio nonno rimase in acqua, ligio al dovere. Quando lo tirarono fuori e lo portarono a casa mia nonna con le cozze che gli erano attaccate addosso fece un'impepata che bastò per tutta la famiglia.

Pasquale: cane per cieco

Anche Pasquale ha fatto dei tentativi di lavoro onesto. Una volta, non so come, si trovò a sostituire il cane guida di un non vedente che a sua volta era lo zio di un nostro amico.

Dopo estenuanti trattative, Pasquale riuscì a trovare un accordo economico con l'amico che gli aveva proposto il lavoro: lui, in veste di cane, avrebbe assistito lo zio ventiquattro ore su ventiquattro per tre mesi, percependo una paga netta di settecentomila lire al mese, vitto e alloggio compreso.

Secondo lui aveva pure fatto un affare, ma non aveva considerato il fatto che il vitto e l'alloggio erano riferiti alla sua condizione di cane. Gli toccò quindi dormire per tre mesi nella cuccia in balcone e mangiare la pasta fredda che avanzava allo zio, che essendo cieco cucinava a culo.

Come lavoro non era difficile, la mattina si alzavano, lo zio lo portava al parco a fare i bisogni, dove la sua unica preoccupazione era quella di non calpestare i bisogni degli altri cani. Sì, perché un conto è farlo con le scarpe, un altro è farlo con le mani.

L'unico problema che Pasquale ebbe i primi giorni fu causato dalla sua inesperienza, praticamente dimenticò di abbaiare e lo zio, preoccupato, chiamò il veterinario.

Naturalmente lui, in quanto cane, non venne avvisato di questa decisione e una mattina vide spuntare improvvisamente il veterinario sul balcone, il quale, pensando di trovare un cane, quando vide Pasquale in ginocchio con la pelliccia che mangiava nella ciotola rimase spiazzato (il veterinario non era cieco).

Pasquale riuscì a spiegare tutta la faccenda al veterinario e concluse dicendogli che stava facendo un favore a un amico.

Il dottore lo guardò perplesso, poi gli rispose: "E lo chiami pure amico?".

Comunque il veterinario in quell'occasione fu molto comprensivo, gli disse che stava andando benissi-

mo e che lo zio non si era accorto di nulla, bastava soltanto che qualche volta lui abbaiasse.

"Adesso per non destare sospetti allo zio, ti faccio una bella puntura anticimurro" gli disse il dottore. Il concetto non mi è molto chiaro, ma da quella volta il cimurro non gli è mai venuto.

A pensarci bene non gli era mai venuto neanche prima.

Una mattina purtroppo accadde l'imprevisto. Lo zio svegliò di buon'ora Pasquale e lo portò in bagno, gli fece la doccia, gli mise lo spray antipulci, un collare nuovo, lo spazzolò. Poi portò Pasquale a casa di un suo amico anch'egli cieco, che a suo dire aveva una cagna della stessa razza. A un certo punto l'amico cieco disse allo zio: "Li facciamo accoppiare, così fanno i cagnolini per i bambini ciechi".

Dopo di che lo chiusero per due giorni in una terrazza assieme alla cagna.

La cagna, mi ricordo, appena vide Pasquale cominciò subito ad annusarlo e a leccarlo. Pasquale, un po' infastidito, mise subito le cose in chiaro. "Sentimi bene" le disse "togliti dalla testa strane idee, perché io per settecentomila lire ho già fatto abbastanza."

Poi, con la scusa di andare a comprare le sigarette, sparì per sempre.

Antonio: il segnale stradale

L'unica esperienza lavorativa di Antonio Canne Mozze, nonostante la sua buona volontà e la sua buona fede, coincise con il suo primo arresto.

Antonio stava tornando in paese a piedi dalla campagna, quando a un certo punto si accorse che poco prima di entrare nel centro abitato c'era una curva pericolosa non segnalata. Nello stesso istante, vedendo arrivare una macchina ad alta velocità, cominciò a sbracciarsi facendola rallentare.

Il conducente della macchina si rese conto che grazie all'intervento di Antonio era riuscito a evitare un incidente e in segno di riconoscenza gli diede una bella mancia.

Antonio, gratificato da quel gesto, decise di segnalare la curva in modo permanente e si attrezzò con un cartello a strisce bianche e nere, proprio come quelli che segnalano le curve pericolose, e tenendolo in mano stava lì dall'alba al tramonto.

Dopo qualche giorno la gente si era abituata alla sua presenza e, ritenendolo utile, qualcuno ogni tanto si fermava lasciando una mancia.

Per Antonio era una grande soddisfazione riuscire a portare a casa la sera anche quattordici-quindicimila lire di mance, inoltre si sentiva gratificato dal fatto di lavorare in proprio. Purtroppo, una sera finì tutto in malo modo. Un tale, forse ubriaco, che tornava in paese assieme alla sua ragazza arrivò molto veloce e, nonostante le sue segnalazioni, uscì fuori strada e die-

de la colpa dell'accaduto ad Antonio. "Si è mosso e mi ha fatto confondere" disse al giudice.

Antonio venne condannato a tre mesi con la condizionale e diffidato dal segnalare tutte le curve d'Italia.

IL SOGNO

L'altra sera sono passato dal bar Italia 90 a salutare i ragazzi e inaspettatamente sono stato coinvolto nella festa per il compleanno di Testa di Cane.

C'era molta allegria, il festeggiato aveva comprato parecchie bottiglie di vino e si passava da un brindisi all'altro.

"Alla salute!" si sentiva da una parte. "Alla salute!" rispondevano dall'altra. Dopo quindici-venti "Alla salute!" abbiamo dovuto accompagnare in ospedale i tre più gravi, un paio hanno vomitato nel bagno del bar e io sono tornato a casa senza ricordarmi dove questa si trovasse esattamente.

Avevo la chiave del portone in mano e provavo ad aprire tutti i portoni che incontravo. "Prima o poi uno si aprirà e quella sarà casa mia" pensavo.

Alla fine, non chiedetemi come, sono riuscito ad arrivare al mio letto, mi ci sono buttato sopra come un sacco di patate e dopo qualche istante passato a fissare il soffitto, mi sono accorto che non riuscivo a prendere sonno a causa di un forte dondolio che interessava il letto stesso. Senza cercare spiegazioni riguardo alla causa di quel fastidio, pensai soltanto a mettere dei cartoni sotto al letto in modo da bloccare il fastidioso movimento.

Sistemato il letto, più che essermi addormentato, posso tranquillamente dire di essere svenuto; non so quanto tempo è passato, ma a un certo punto mi sono ritrovato in un sogno.

Sognavo a Carmelo, uno degli amici che erano con me al bar, che cercava di convincermi a partecipare a una partita di poker. Lo sentivo che con insistenza mi diceva: "Ma dai, vieni, siamo in tre, c'è pure Pasquale, e poi dove lo trovo un quarto a quest'ora?".

Io non so giocare a poker, ho giocato qualche volta per le feste di Natale, giusto per stare in compagnia, ma non sono bravo.

Comunque, Carmelo continuava a insistere, io ero ubriaco e poi a un certo punto ho pensato: "Ma che cazzo me ne frega. Giochiamo, tanto sto sognando". E ho accettato di giocare quella partita.

Dopo appena mezz'ora stavo perdendo centocinquanta euro. Ho continuato sperando di rifarmi, ma dopo un'ora ero sotto di cinquecento. Cercando poi di recuperare ho forzato un po' il gioco e dopo due ore ne stavo perdendo quasi mille.

Non sapevo più come uscirne, quando a un certo punto, approfittando della distrazione dei miei compagni di gioco, mi sono svegliato.

Ho aperto la finestra, era una bella giornata, ho preso un caffè a casa e poi, come al solito, sono andato al bar. Mentre mi avvicinavo, mi sono accorto che sulla porta c'era Carmelo che mi guardava male. "Ma cosa avrà da guardare male di prima mattina?" pensai.

Lo salutai passandogli vicino e Carmelo mi afferrò per un braccio dicendomi: "Senti, stanotte eri sotto di mille euro e ti sei svegliato senza pagare nessuno. Non penserai di fare il furbo, spero".

Io lo guardai sorpreso e scrollando il braccio dalla sua presa gli risposi: "Ma cosa vuoi? I soldi li ho persi nel sogno e nel sogno te li darò. Mica devi rompere i coglioni la mattina al bar".

Lui mi guardò minaccioso e mi disse: "Ti aspetto stanotte".

La notte seguente mi addormentai e appena cominciai a sognare mi frugai subito le tasche cercando dei soldi, ma quando mi accorsi di non averne mi svegliai subito, temendo di incontrare Carmelo.

Non dormii per tre giorni bevendo chissà quanti caffè. Dopo tre giorni ebbi la felice idea di andare a dormire a casa di mia zia. "Così, anche se Carmelo mi cerca non mi trova" pensai. Infatti fu così, dormii e sognai sereno tutta la notte. Quando tornai a casa, mia madre appena mi vide mi disse subito: "Sai, stanotte ho sognato a Carmelo, il tuo amico, che ti cercava, e sembrava pure arrabbiato. C'è qualche problema?".

"No mamma, niente di grave."

Adesso è da un mese che dormo di giorno e sto sveglio la notte per non incontrare Carmelo. Ho fatto amicizia con Ugo, un metronotte. Per forza: a dormire di giorno lo incontravo sempre e una mattina ci siamo presentati. Ieri era sabato, nel sogno ho giocato la schedina, domani sogno i risultati, spero di vincere in modo da pagare il debito con Carmelo e potere così dormire di notte. Scusami, Ugo.

I GIOCHI ISTRUTTIVI

Come vi stavo dicendo, alcuni anni fa con mia moglie spesso litigavamo perché avevamo il televisore senza telecomando e nessuno dei due aveva mai voglia di alzarsi dal divano per cambiare canale o abbassare il volume.

Fu allora che all'unanimità (eravamo tutti e due d'accordo) decidemmo di fare un figlio. Pensammo che avremmo tribolato ancora per un paio d'anni, poi avrebbe imparato a cambiare i canali e così potevamo restare seduti sul divano.

Vedendo nascere e crescere questa creatura, mi vennero spontanee alcune considerazioni, che vi racconto qui di seguito.

Mi sono accorto, per esempio, che ogni genitore alla nascita di un figlio si riempie di orgoglio e di soddisfazione.

Si sente spesso un genitore che, rivolgendosi al proprio figlio di pochi mesi, gli dice: "Tu diventerai un grande medico, un avvocato, un ingegnere, uno scienziato", affidando alla piccola creatura quelle ambizioni che per vari motivi magari il padre non è riuscito a realizzare. Ma non sempre le cose vanno per il verso giusto.

Passa qualche anno e il genitore, osservando i comportamenti non entusiasmanti del figlio, comincia a dare qualche limata: "Vabbè, non diventerà un grande medico, ma l'importante e che si laurei". Dopo qualche anno ancora il bambino continua a crescere e il genitore si accorge di qualche difficoltà: "Se serve lo mandiamo pure al CEPU" dice fiducioso. Passa qualche altro anno e il genitore comincia ad ammettere la propria sconfitta, ma non perde l'orgoglio e dice: "Magari medico no, ma infermiere professionale di prima categoria non glielo toglie nessuno".

Il bambino intanto è cresciuto, adesso ha tredici o quattordici anni, ha finito le scuole dell'obbligo, le pagelle parlano chiaro, il carattere dell'individuo ormai è quasi completamente delineato e in quel momento il genitore che era stato tanto ambizioso, davanti all'ennesimo danno causato dal figlio, getta la spugna.

"Fai che cazzo vuoi, l'importante è che non porti guai a casa." Con queste parole il padre consacra l'autonomia del figlio, che da quel momento in poi sa che non potrà più contare sull'appoggio dei genitori.

Ma il padre in tutto questo tempo non è stato con le mani in mano, sono passati tanti anni, durante i quali ha sempre cercato di educare il proprio figlio nel migliore dei modi, ponendo sicuramente una maggiore attenzione all'età scolastica, specialmente nei primi anni delle elementari, in cui di solito si comincia con il regalare al bambino i cosiddetti “giochi istruttivi”, tipo Il Piccolo Chimico, Il Piccolo Ingegnere, Il Piccolo Medico, Il Piccolo Musicista, ecc.

In questo modo i genitori cercano di scoprire eventuali predisposizioni del bambino per una materia o per l’altra, in modo da alimentarle in seguito. Ma solitamente tutta questa attenzione produce invece l’effetto contrario, cioè il bambino si stanca di tutti questi giochi e quando arriva all’adolescenza, che è il periodo dove uno deve metterci del suo, rivolge il proprio interesse verso ciò che fino a quel momento è rimasto sconosciuto.

La reazione che l’ex bambino ormai adolescente solitamente ha in quel momento è del tipo “Adesso vediamo che cosa sono queste droghe, visto che nessuno me ne ha mai parlato”. È avvicinandosi a queste sostanze senza nessuna istruzione che il giovane può avere un approccio sbagliato, che potrebbe avere gravi conseguenze anche nell’età adulta.

Al fine di evitare di incappare in questo errore io con mio figlio sto facendo il percorso inverso, cioè lo drogo da piccolo, così da adulto, avendo sviscerato questi argomenti nell’infanzia, magari proverà interesse per cose più sane.

Il Piccolo Tossico

Per dare un senso a quello che ho detto in precedenza, un paio di mesi fa gli ho regalato un gioco di società molto simile al Monopoli ma con contenuti diversi. Il gioco si chiama Il Piccolo Tossico. Si gioca in cinque: ci sono un poliziotto, uno spacciatore e tre tossici. Ogni tossico ha a disposizione un'autoradio, alcuni oggetti d'oro rubati in famiglia e cento euro per le prime spese.

Si lanciano i dadi una volta ciascuno e si comincia; le regole sono simili a quelle del Monopoli, solo che al posto delle stazioni trovate le farmacie. Ogni volta che si passa dal via si ritirano due dosi e se uno possiede tutte le proprietà di uno stesso colore può metterci i propri spacciatori. Naturalmente a Vicolo Stretto e Vicolo Corto venderanno il fumo, mentre a Parco della Vittoria e Largo dei Giardini troverete la coca.

Vince chi riesce a consumare la maggiore quantità di droga senza farsi beccare dal poliziotto.

La Piccola Troia

Se qualcuno inoltre fosse interessato, c'è anche una versione per le bambine, si chiama La Piccola Troia. La scatola contiene tutto il necessario per addobbare delle bamboline da collocare su un marciapiede, compreso nella confezione, e dei finti clienti che dovranno mercanteggiare delle prestazioni sessuali.

Fate un regalo ai vostri bambini!

Vincenzo il maialino

Mancava qualche giorno al Santo Natale, e una mattina mio figlio, che all'epoca aveva sette anni, mi venne vicino e mi chiese come poteva ottenere un regalo da parte di Babbo Natale. Io, da buon genitore, gli dissi di scrivere una bella lettera a Babbo Natale dove chiedeva il regalo desiderato, e io stesso mi sarei impegnato a recapitarla.

Il bambino scrisse allora la sua bella letterina:

Caro Babbo Natale,

visto che quest'anno sono stato bravo a scuola, buono con i miei amici e ubbidiente con i miei genitori, voglio in regalo Big Jim.

Io presi in consegna la lettera e feci finta di recapitarla, ma come saprete il Babbo Natale di ogni bambino è il genitore (spero di non aver infranto i sogni di qualcuno), in questo caso quindi ero io.

Feci un giro per i negozi e con grande fastidio scoprii: primo, che Big Jim costava centoquarantamila lire e, secondo, che era bello, biondo, palestrato, vestiva firmato, aveva la Ferrari, andava in vacanza a Cortina e si trombava pure la Barbie.

Ora, a parte le centoquarantamila lire che non potevo permettermi, portare in casa un personaggio così non mi avrebbe certamente fatto piacere. "Metti che il bambino fa dei paragoni, faccio una figura di merda" pensai.

Allora tornai a casa e scrissi una lettera di risposta a mio figlio che più o meno diceva così: "Caro Salvatore, visto che non è vero che sei stato bravo a scuola, buono con i tuoi amici e ubbidiente con i tuoi genitori, per quest'anno niente regalo. Firmato Babbo Natale". Gli nascosi la lettera sotto al cuscino e andai a dormire.

La mattina seguente il bambino si presenta in cucina con la lettera e mi dice: "Papà, guarda cosa mi ha scritto Babbo Natale. Ora, volevo dire che forse è vero che non sono stato buono bravo e ubbidiente. Ma come faceva a saperlo Babbo Natale?".

"C'è qualcuno che non si fa i cazzi suoi" gli ho risposto.

Poi, per non intristire il bambino gli dissi: "Senti, lasciamo perdere Babbo Natale, per quest'anno il regalo te lo faccio io". Il bambino capì che la faccenda non stava prendendo una bella piega, e accettò subito la mia proposta.

Mi recai allora da un mio amico che ha un negozio di stoccaggio fondi di magazzini falliti e svuota cantine. Dopo una mezz'oretta passata a rovistare, trovai il pupazzo che faceva al caso mio.

Vincenzino il maialino: quarantacinquenne, semicalvo, disoccupato con una panza da birra, le dita gialle di nicotina e vestito male. Con tremila lire lo portai a casa. Mio figlio quando lo vide rimase di stucco e cominciò a fare i paragoni con Big Jim.

NUOVO!
€ 3
ORIGINALE
VINCENZINO
IL MAIALINO

S. “Big Jim è più bello.”

IO “Sono d’accordo, ma bisogna considerare anche altre realtà.”

S. “Big Jim ha la piscina di Big Jim.”

IO “E Vincenzino ha il bar di Vincenzino dove si ubriaca al pomeriggio.”

S. “Big Jim ha la Ferrari di Big Jim.”

IO “E Vincenzino ha il Centoventotto Sport che quest’anno forse non passa la revisione.”

S. “Big Jim è fidanzato con Barbie.”

IO “Vincenzino è sposato con Rosalba, che si vergogna e non è in commercio.”

S. “Big Jim ha il pulsante sulla schiena che lo schiacci e fa il karate.”

IO “Vincenzino ha il pulsante sulla schiena che lo schiacci e rutta. Senti, adesso mi hai stancato. Vincenzino passa tutto il giorno al bar, non lavora, beve, gioca a carte e la sera torna a casa tardi, ubriaco, e picchia la moglie. E a volte, non contento, picchia pure il figlio. Tu sei stato fortunato ad avere un padre buono e onesto come me. O preferiresti avere un padre come Vincenzino?

S. “No, come te.”

IO “Allora prendi ’sto pupazzo e vai a dormire, prima che mi trasformo in Vincenzino.”

I MARZIANI

Una sera ero appena uscito di casa con Pasquale e stavamo andando in un bar a vedere la partita dell'Inter su Tele +.

Era il bar che frequento di solito; io non sono il tipo che cambia spesso posto: quando mi affeziono alla gente poi vado sempre lì. Praticamente sono un monolocale.

Era una serata come tante, con Pasquale camminavamo senza neanche parlarci. A un certo punto svoltiamo un angolo e veniamo investiti da una luce bianca, molto intensa, che alla prima impressione mi ricordava il faro che i carabinieri hanno sul tetto della macchina.

Rivolgendomi a Pasquale con tono allarmato gli dico: "Cazzo, Pasquà, gli sbirri, butta il fumo!". Pasquale molto tranquillamente mi guarda e mi dice di non preoccuparmi, visto che lui non ha una canna da due mesi.

La luce si fa sempre più intensa, fino ad abbagliarci completamente, poi a un certo punto si abbassa di colpo e con Pasquale ci ritroviamo dentro una stanza con le pareti di acciaio, il pavimento di acciaio e il soffitto di acciaio; praticamente eravamo dentro un cubo di acciaio, sembrava una cella frigorifera.

Dopo alcuni istanti di stupore, si apre la parete davanti a noi e nella stanza entrano tre nani, due vestiti da sommozzatori e quello in mezzo vestito da prete-infermiere (aveva una tunica bianca). I nani si fermano a un paio di metri da noi, poi il nano infermiere fa un altro passo avanti e ci dice: "Benvenuti sulla nostra astronave, siamo marziani e vi abbiamo rapito perché stiamo conducendo degli studi sull'intelligenza degli abitanti del pianeta Terra".

Io e Pasquale li guardavamo increduli e non sapevamo cosa dire, ma durò solo qualche istante, dopo di che io decisi di rompere il ghiaccio. "Complimenti per l'arredamento" gli dissi. "Sembra la casa di mio cognato Carmelo quando gli hanno pignorato i mobili." Era completamente vuota. "Però, prima di esaminare la nostra, volevo invitarvi a dare un'occhiata alla vostra di intelligenza, visto che avete preso gli unici due che non c'entrano un cazzo. Comunque, ormai che siamo qua, cercheremo di fare il possibile, l'importante è che finiamo prima delle otto e mezzo, perché dopo comincia la partita."

Il nano marziano infermiere mi guarda stupito e mi rassicura sui tempi, poi apre una carpetta marziana e comincia a chiedermi le mie preferenze su alcuni argomenti.

N.M.I. "Preferite qualche domanda di matematica?"

IO "No, lontano dai pasti non la digerisco."

N.M.I. "Qualche domanda di geografia?"

IO "Io no, forse Pasquale, che è più ferrato sull'argomento, visto che ha viaggiato tanto."

(Pasquale è da tre anni che fa consegne a domicilio.)

PASQUALE "Non mi tirare in mezzo, che io non voglio responsabilità."

N.M.I. "Di chimica cosa conoscete?"

IO "La fame. Sa, ogni tanto capita che uno si trova in difficoltà."

N.M.I. "Ho capito, andiamo sulla cultura generale."

IO "Andiamo dove vuoi basta che ci sbrighiamo, che alle otto e mezzo comincia la partita."

A quel punto il nano marziano infermiere tira fuori dalla carpetta una foto e me la mostra.

N.M.I. "Guarda. Questa è una piccola porzione dell'universo."

IO "Complimenti, bel panorama."

N.M.I. (*Indicando un punto della foto*) "Qua c'è un incrocio, dove arrivano quattro astronavi contemporaneamente. Devi dirmi qual è l'astronave che passa per prima tra tutte e quattro."

Io guardai attentamente la foto, cercando di scovare un indizio che mi aiutasse nella risposta, ma non riuscivo a individuare né un semaforo, né un segnale di stop, però guardando attentamente le astronavi mi accorsi che ce n'era una con una luce sopra e allora senza indugio dissi: "Prima passa questa, che è l'ambulanza".

Il nano infermiere si incazzò parecchio, e pensando che io lo stessi prendendo per il culo, minacciò gravi ritorsioni sulla mia persona e su tutto il pianeta Terra, il che mi sembrò eccessivo. "Il massimo che ti posso concedere sono io e gli amici del bar, per il pianeta Terra non voglio responsabilità" gli dissi.

Il nano marziano infermiere si ricompose e fece un altro tentativo.

N.M.I. "Ti faccio una domanda su un argomento che vi riguarda più da vicino."

IO "Occhei, vai."

N.M.I. "Come saprete, appartenete al sistema solare..."

Io rimasi sorpreso da quell'affermazione e pensai immediatamente che si trattasse di qualche altra iniziativa di Pasquale, visto che l'anno prima mi aveva iscritto a mia insaputa a Forza Italia.

IO "La notizia mi giunge nuova, comunque se risulta così, lasciamo stare le cose come stanno, poi sistemo tutto io con Pasquale."

N.M.I. "...dovreste quindi sapere quanto è grande il Sole. Ecco, dovresti dirmi: quanto è grande il Sole?"

IO "Quanto è grande? Sarà grande... parecchio, anche..." (cercavo di prendere tempo sperando in un'idea che mi avvicinasse alla risposta. L'unica cosa che mi venne in mente in quel momento fu una foto al tramonto di mio cognato Carmelo sul lungomare. Nella foto c'era Carmelo appoggiato a una ringhiera con il sole di fianco. Feci due calcoli rapidi prendendo come riferimento la testa di Carmelo, che sarà circa trenta centimetri, il sole era un po' più piccolo) "...Guarda, sarà sui venti-venticinque centimetri."

Il marziano a quel punto impazzì, lanciò la carpetta in aria, cominciò a tremare e a fare le scintille sotto i piedi, gli occhi gli cambiavano di colore. Pasquale mi guardava impaurito e mi chiedeva cosa stesse succedendo. Io gli risposi di non preoccuparsi, stava solo facendo la centrifuga. Soltanto i sommozzatori riuscirono a calmarlo e a convincerlo a darci un'altra possibilità.

Il nano infermiere allora si avvicinò e con un tono infastidito e minaccioso ci informò che quella era la nostra ultima possibilità.

In quel momento cercai di dare il meglio di me, di concentrarmi al massimo. Il marziano tirò fuori dalla carpetta un altro foglio dov'erano raffigurate tre uova, due rosse e uno giallo e, scandendo bene le parole, fece la sua domanda. "Su questo foglio ci sono tre uova, due rosse e uno giallo, mi devi dire quale delle tre non c'entra."

A dire il vero, a me la risposta esatta era venuta subito, però mi sembrò troppo facile e cercai quindi di non essere impulsivo nel rispondere. "Vuoi vedere che il nano bastardo marziano infermiere mi fa la domanda trabocchetto perché mi vuole fottere?" pensai, quindi analizzai meglio la questione e solo quando fui sicuro risposi: "Secondo me l'uovo che non c'entra niente è quello rosso, perché ce ne sono due e uno si può togliere in quanto doppione".

Il marziano venne colto quasi da un'esplosione, cominciò a sbattere da una parete all'altra, faceva le scintille sotto i piedi, emetteva suoni stranissimi. A un certo punto si fermò in un angolo della stanza e cominciò a bestemmiare in marziano. Solo quando gli dissi che non capivo si rivolse a me in italiano dicendomi: "Io vi rovino, io vi distruggo, voi non sapete con chi avete a che fare. Io ho visto cose che voi umani non potete neanche immaginare, ho visto navi in fiamme al largo dei bastioni di Orione, ho visto i raggi beta balenare nel buio alle porte di Tannoyser, ho visto pianeti...".

A quel punto mi incazzai pure io, erano le otto e venti, dopo dieci minuti cominciava la partita e noi eravamo ancora a discutere con i nani marziani.

"Senti un po'" gli dissi. "Anch'io ho visto a mio cognato quando gli hanno pignorato i mobili, a mio suocero quando gli hanno bruciato la macchina, a me l'anno scorso è morto il cane, ma mica vengo su Marte a rompere i coglioni."

E lì il nano infermiere capì che doveva calmarsi. Era marziano, va bene, ma sempre nano era. E continuai dicendo: "Adesso accendi 'sto cazzo di faro dei carabinieri e riportaci sulla Terra, che almeno vado a vedere la partita dell'Inter, che non dà soddisfazioni, ma almeno per un'ora e mezzo non penso ai cazzi miei".

I marziani riaccesero il raggio e ci riportarono sulla Terra nello stesso punto in cui ci avevano presi. Io e Pasquale, increduli, cominciammo a palparci per vedere se eravamo tutti interi. Pasquale, mentre si palpava, si blocca e con lo sguardo smarrito mi dice: "Il portafogli". Io capisco, di scatto controllo pure il mio e in quel momento mi accorgo che anch'io ero senza portafoglio.

"Pasquà, vuoi vedere che 'sti nani marziani erano napoletani. Uno ci fa il test dell'intelligenza e i sommozzatori ci inculano il portafogli."

Pasquale mi guarda e dice: "Andiamo a vedere 'sta partita che anche se erano napoletani erano cretini lo stesso, io non avevo una lira".

"Neanch'io."

Quarta parte

INSERZIONI

A.A.A.

Si accettano ordinazioni per **pezzi di ricambio auto**, qualsiasi marca e modello, consegna entro tre giorni.

A.A.A.
Noto borseggiatore
appena scarcerato organizza **corsi di formazione** della durata di tre fine settimana. Min. 10 allievi per corso.

A.A.A.
Banda completa
cerca **autista automunito**, genere mano armata. Diversi progetti già pianificati da realizzare, ottima quota.

A.A.A.
Estortore
cerca **rappresentanti automuniti** di bella presenza per zone libere ed eventuale franchising.

A.A.A.
Cambio

Beretta mod. 765 del '92 matricola abrasa con scooter buone condizioni.

A.A.A.

Vuoi **spacciare**? Chiedimi come.

A.A.A.

Le **serrature** non avranno più segreti! Saverio il mago della chiave, riproduzione di chiavi da calchi, fotocopie e disegni.

A.A.A.
IL SUO ALLARME
Corso pratico per corrispondenza: informazioni sui modelli più diffusi, disattivazione ed elusione impianti per auto, appartamenti, attività commerciali.

A.A.A.

Confezioniamo **ovuli per trasporti intestinali** di droghe di ogni genere. Garantiti a prova di cane. Pagamenti in contanti.

A.A.A.

Elaborazione **auto**, contraffazione di numeri di matricola e vasto assortimento di **targhe** di tutti i tipi, complete di documenti. Tel. ore pasti.

A.A.A.

Non sei soddisfatto del tuo lavoro? Il tuo stipendio non ti basta? Arrotonda con noi!

DOMO PUSHER

è azienda leader nelle consegne a domicilio. Pochi minuti di lavoro al giorno ti permetteranno di realizzare i tuoi piccoli sogni. Chiama!

INDICE

7 Prima parte
RASSEGNA STAMPA

39 Seconda parte
LA BANDA DI TESTA DI CANE

83 Terza parte
LA DOLCE VITA DEL DISOCCUPATO

121 Quarta parte
INSERZIONI

Stampa Grafica Sipiel
Milano, maggio 2004

EE 40232041
S 00030605
LA BANDA DI
TESTA DI CANE
1°MAGGIO 2004
G CACIOPPO
KOWALSKI
EDITORE